DIEZ POR CIENTO
Y MÁS

Primer Premio Internacional de
Minicuentos
La Pereza 2012

La Pereza Ediciones

Diez por ciento y más
First Edition
© La Pereza Ediciones, 2013

Publisher: Greity González Rivera
Editor: Ernesto Pérez Castillo
Cover Illustration: "Elefante blanco en Berlín", Ibrahím Miranda

Manufactured in United States of America

ISBN-13: 978-0615754802
(La Pereza Ediciones)

ISBN-10: 0615754805

La Pereza Ediciones, Corp
Miami, Fl, 33196
United States of America

NOTA DEL EDITOR

El minicuento, ese género literario no siempre bien entendido y desatendido las más de las veces, ha ido abriendo su propio espacio y su propia cofradía de autores y lectores al paso del tiempo. Esta colección que ahora publica La Pereza Ediciones, resultado de su Primer Premio Internacional de Minicuentos, da fe de ello.

A esta convocatoria se presentaron obras de 170 escritores, provenientes de toda nuestra América, destacándose los envíos desde Argentina, México, Cuba, Colombia y también los Estados Unidos, pero no menos importante fue la participación de autores españoles y de otras nacionalidades que remitieron sus textos desde sitios como Berlín, Estocolmo, Belgrado o la muy lejana Tel Aviv.

Más que la brevedad, es su capacidad de síntesis la carta de presentación de un minicuento logrado, junto a una intencionada apuesta por la inteligencia y la sagacidad del lector. La hipérbole, la ironía, un cuidadoso manejo del lenguaje, una alta eficacia y precisión en el montaje de la trama a contar, no pueden faltar. El resto es oficio, sensibilidad, talento y buena suerte.

El minicuento titulado "Diez por ciento", del cubano Jorge Bacallao, carga consigo muchas de estas virtudes, que el jurado supo apreciar al declararlo ganador de manera unánime de la primera convocatoria del premio. Las obras que lo acompañan en este volumen, muchas de las cuales resultaron finalistas, han sido incluidas por evidenciar valores formales y literarios más que suficientes que ameritan su publicación.

Ahora, con el libro en sus manos, tienen los lectores la oportunidad de juzgar, tanto la calidad de los textos seleccionados como la pericia del jurado. La mesa está servida, el placer es nuestro.

Gran Premio

DIEZ POR CIENTO

Jorge Bacallao Guerra

DIEZ POR CIENTO

Jorge Bacallao Guerra

El alcalde se dirigió al pueblo para dar importantes noticias. Según dijo, a pesar de que la ciudad estaba mucho mejor que el resto del mundo en todos los aspectos, era necesario tomar una medida decisiva, encaminada a garantizar que la ciudad mantuviera su posición preponderante.

La medida consistía en que cada ciudadano debía sobre cumplir en un diez por ciento toda actividad que le diera el sustento. Para dar el ejemplo, una vez terminada su alocución, calculó que había hablado por setenta minutos, apeló a la regla de tres y a continuación habló por siete minutos más de temas intrascendentes. Este hecho se consideró heroico. El pueblo aplaudió con ánimo efervescente diez minutos y después, por orientación de funcionarios debidamente colocados entre la muchedumbre, un minuto más.

En los próximos días la medida se aplicó en todas las esferas de la vida. Una brigada que excavaba buscando petróleo encontró crudo de buena calidad a cien metros de profundidad y continuó cavando hasta los ciento diez metros. El campeón nacional de apnea, contra todo pronóstico, pudo romper el récord mundial de tiempo sin respirar y murió en pleno cumplimiento de la medida. Le fue otorgada la categoría de héroe y de cumplidor al ciento diez por ciento. En el velorio se guardó un minuto y seis segundos de silencio.

Este escrito termina en la línea anterior, la diez y ocho. Esta que lee y la siguiente constituyen el heroico diez por ciento adicional.

FINALISTAS

¡ESTABA VIVO!

José Herrero

Sintió un disparo. Después otro. Escuchó gritos, que llegaban desde muy cerca. Luego una ráfaga de ametralladora, lejana, cuyas balas impactaban muy cerca de él. Se agachó instintivamente y protegió su rostro con los brazos, después apretó su casco contra su cabeza. Las manos le temblaban. Todo él era una tembladera. Miedo. Los gritos de unos y los lamentos de otros se acercaban más, pero él no veía nada sobre los escombros que habían provocado los morteros ni a través del polvo que se levantaba, devastador. No podía ver, además, porque escondía sus ojos entre aquellas manos que no dejaban de temblar. Estaba solo. Se había separado de su pelotón, que huía, que se replegaba, y se había quedado, impotente, a merced del enemigo que continuaba disparando sin cesar, rematando a cuanto se movía a su paso. El sudor de su frente golpeaba sus manos agarrotadas, impedido, cobarde ante la muerte. Pero no era sudor, que ya había sudado cuando corría y disparaba, cuando se agachaba y miraba hacia atrás y después disparaba y volvía a correr, eran lágrimas que bajaban silenciosas por su rostro y llegaban a sus manos entregadas. Otra ráfaga de ametralladora impactó por encima de su cabeza. Intentó levantar apenas la mirada y observó unas botas llenas de polvo, rotas, agrietadas, más grandes que los pies del talibán, robadas a algún soldado muerto, y el cañón de un AK-47 que apuntaba hacia su pecho. Sintió una especie de mareo. Después escuchó tres disparos, secos. Y luego nada, la muerte. Se despertó súbitamente, sobrado de sudor, temblando. ¡Estaba vivo!, pero la guerra continuaba allí, al otro lado de la ventana.

CLAUDIA

Sol García de Herreros

Claudia, dijo la voz la primera vez, y yo, no, no soy Claudia, se ha equivocado. Lo siento, respondió él y colgó. Tenía una voz profunda y una cadencia que, unida al número que observé en el móvil, me hicieron imaginar que llamaba del otro lado del océano. La conversación se repitió varias veces, a cualquier hora, cada vez el tipo más desesperado. Yo le aclaraba educadamente que debía tener mal el número, al final le acabé gritando, qué clase de inútil, este no es el número de Claudia. Luego me desvelaba y pasaba horas dándole vueltas en mi cama vacía a la pasión del amante de Claudia. Al final, opté por no atender sus llamadas y silenciar el móvil por la noche. Entonces ocurrió que empecé a encontrarme el buzón lleno: fragmentos de Ne me quitte pas, del Ojalá de

Silvio, febriles poemas desconocidos, o sólo su nombre repetido una y otra vez, Claudia, Claudia, con aquella voz de fuego y suicidio. Yo imaginaba a Claudia, envidiaba a Claudia, odiaba a Claudia, pero sobre todo escuchaba una y otra vez aquellos mensajes. Y un día, de repente, se acabaron. No más llamadas a horas extrañas de números transoceánicos, no más poemas ni canciones. Cuando la tristeza ya apenas me dejaba respirar, se me ocurrió que podía llamar yo. Sólo por oír su voz de nuevo, me dije para justificar una estupidez tan impropia de mí, y cuando descolgó instintivamente pronuncié aquel nombre. Claudia ha muerto, contestó con su voz de perdedor, y los dos nos echamos a llorar.

MUÑECAS RUSAS

Ahmel Echevarría

Allí, tendida a mis pies, una mujer: largas piernas, corazón pequeño, letal como un látigo. Carne abierta entre las ancas. Esa mujer a la que arribo (émbolo, pistón) no es exactamente la mujer tendida a mis pies. Su rostro no es el suyo, y lo sabe en días alternos cuando se escabulle y penetra en mi apartamento, sino el de otra mujer (justo el rostro que desea tener): ojos de argón, sin afeites, trunco cabello en la nuca, caderas de miedo bajo horrible vestido (émbolo, pistón); una mujer que al tenderse a mis pies, la carne abierta entre las ancas, pide y disfruta ser otra mujer (émbolo, pistón) incluso de nombre, costumbres y maneras bien diferentes (largas piernas, corazón pequeño, letal como un látigo). Tendida, sospecha que nos es exactamente la mujer a la que arribo.

Allí, de pie, un hombre: recias piernas, corazón pequeño, letal como un látigo. Carne levantada entre las ancas. El hombre que arriba (pistón, émbolo) no es exactamente el hombre alzado frente a esas largas piernas. Mi rostro no es el mío (y lo deseo), lo sé en días alternos cuando ella se escabulle y penetra en mi apartamento, sino el del hombre casi poema que arriba a otra mujer: ojos de argón, sin afeites, trunco cabello en la nuca, caderas de miedo bajo horrible vestido (pistón, émbolo); una mujer que al tenderse a mis pies, la carne levantada entre mis ancas, pide y disfruta que el hombre alzado a sus pies sea otro (pistón, émbolo) incluso de nombre, costumbres y maneras bien diferentes (recias piernas, corazón pequeño, letal como un látigo). Alzado, sospecho que no soy exactamente el hombre que arriba.

LA MÁXIMA ALTURA

Salvador Robles

Nació con una grave deficiencia congénita, y las deficiencias congénitas no se corrigen, la suya, no; pero a él no le importó. O quizá sí que le importó y supo disimularlo. Le importara o no, el caso es que luchó con todas sus fuerzas contra su anomalía, la cual en realidad consistía en una ausencia, ya que a la pierna izquierda le faltaba un palmo para ser tan larga como la derecha, o a ésta le sobraba un palmo para ser tan corta como la otra. Sus esfuerzos se prolongaron durante mucho tiempo, tanto como toda una vida. Aunque sus piernas no se aproximaron la una a la otra ni un solo centímetro, en el proceso, el hombre creció hasta alcanzar su máxima altura. Llegó hasta la cumbre de sí mismo.

MONOPOLIO

Juan José Tapia

—Si aprietas el gatillo, nada se interpondrá entre tú y la silla eléctrica —insistió el comisario, a quien la imagen del Magnum apuntándole entre los ojos le resultaba cuando menos inquietante.

—Se lo preguntaré por última vez: ¿quién me vendió?

—Sabes bien que no hablaré.

Joe sopló el humo que exhalaba el cañón del arma de regreso al coche. No era el hecho de ser delatado, sino saber que había otro soplón en las calles lo que le sacaba de quicio; siempre había defendido la exclusividad.

LA PEREZA

Germán Maretto

El sol se ha ocultado, quizás tropezado con alguna estrella. La cuestión es que ha atardecido. (Tampoco es para andar pensando mucho en metáforas).

—Mama, ¿me trae un té? —pide a desgano el joven, acostado bajo un árbol. ("Mama" es sin acento, mucho esfuerzo ponerlo).

—¡Levántate, vago atorrante! Te acostaste a dormir a la una. Son las ocho y todavía no te movés.

—Dele, mama, ¿qué le cuesta traerme un té? (los signos de pregunta eran de admiración, pero la pereza les gana por cansancio).

—¡Voy a agarrar a hachazos el árbol maldito ese! Mañana se te acaban tus siestitas.

—¿Sabe lo difícil que es esperar que se pasen las ganas de hacer algo? Ahora sea buena y de paso que trae el hacha, ¿no me trae un té? Si me pongo a tomar vino con la panza vacía me da sueño.

—Ya te estás levantando, ¡ya! ¡Vergüenza debería darte! (Aquí debería imaginarse una voz femenina con rasposidad creciente).

Un siseo le llama la atención al joven, que no ha despegado la espalda del tronco del árbol. Una veintena de metros más allá, una serpiente ha comenzado a acercársele.

—Mamá, apure con el hacha—le pone un poco de empeño a la voz, (pero no lo suficiente para que vayan signos de exclamación)— y no se me olvide del té.

—¡Ya te dije que no te pienso llevar nada! Levántate o te muelo a palos.

—Ande, mamá, no me deje morir tan joven.

EN LA LANCHA

Leslie Urdanivia

Me tenía cansada con sus peticiones. Se creía tanta cosa, el pobre. ¡Tan patético y tan muerto de hambre! Tacaño, desmadrado, y qué sé yo cuántas cosas más.
Claudia, limpia la casa; Claudia, lava la ropa; Claudia ve a la bodega; Claudia, tu hijo se va a llamar como yo.
Estaba obstinada de esta vida miserable de estira y encoge, porque siempre me prometió el cielo con sus estrellas, y terminó robándome los mejores años de mi juventud.
Ladrón.
Y yo, de ingenua. Con una panza de embarazo que parecía un globo terráqueo, y andando la Habana, porque él me decía que era saludable eso de caminar. Al final, cuando parí a

Miguelito, tenía los pies hinchados como jamones, sufría una hipertensión peligrosísima, y hasta diabética terminé siendo. Eso fue el estallido.

Ni siquiera logró ver al niño. Arranqué del hospital sin dejar huellas.

Ya yo había cuadrado con mi mamá, que está en el Yuma, y que me lo había advertido un millón de veces: Miguel es un patán, mija. Yo pago para que vengas por donde sea con el niño.

Y aquí estoy ahora.

No, no hablo ni una palabra de inglés, oficial.

Pero no me monté en esa lancha por una mejor vida. Ni por el billete de la vieja, o por la famosa "reunificación familiar" de la que todos hablan. Me fui porque ya tenía un plan para que a Miguel se le borrara esa cara de cínico que siempre ostentaba. Y no quería que mi hijo fuera huérfano tan pequeñito.

CREMA PARA ARRUGAS

Michel García Cruz

Esta es la historia de un hombre hastiado, que se aburrió de ponerse todos los días crema para lucir más bello ante la sociedad, ésa que surgía cada mañana ante sus ojos con una fealdad impresionante. Una tarde se fue a la tienda de cosméticos exclusivos donde llevaba más de diez años comprando la misma crema para no envejecer, y preguntó si no tenían una para que le salieran más arrugas. La dependienta al principio pareció no comprenderle, le pidió por favor que le repitiera su pregunta, que no lo entendía muy bien. Una crema para arrugas, para ponerme viejo, repitió el hombre muy cansado mientras se empequeñecía delante de ella y de los demás empleados, de los demás clientes que de pronto dejaron de verle porque el hombre había desaparecido por entre las rendijas de las losas del suelo.

EL COFRE

Juan Ángel Cabaleiro

En una exploración de rutina, un soldado del ejército de Cabral se metió en la choza más pequeña de la aldea. Era una choza abandonada, con paredes y techo de paja. Como demoraba en salir, sus compañeros se asomaron a ver qué pasaba.

—¡Aquí no hay nadie, capitán! — gritaron asombrados.

La choza fue desmontada por completo, palmo a palmo, pero solo hallaron un cofre de madera cinchado con tiras de metal. La tapa era combada, como las que se ven en Toledo. Lo abrieron. Adentro encontraron una pequeña libreta roja. Cabral en persona la hojeó y leyó para todos. En la última página decía: "Sigo preocupado por mis compañeros. Es como si se los hubiera tragado la tierra".

MUTACIÓN LITERARIA

Ernesto Ortega

Hace semanas que un fuerte viento azota la ciudad. Del letrero del hospital, ese que se ve desde la carretera, ha arrancado la P y la I que salieron volando hacia el este. Desde entonces se ha producido una notable mejoría en la mayoría de los pacientes, han decidido servir vino en las comidas, los visitantes aprovechan para ver museos y comprar *souvenirs*, y los celadores, en lugar de camillas, arrastran maletas.

LAS TIÑOSAS

Delis Mayuris Gamboa

Había siete: cuatro alrededor del saco, a la orilla del riachuelo, y tres posadas en la tierra y las raíces que sobresalían por la erosión del barranco. Estas últimas permanecían inmóviles, en guardia. Las que estaban abajo se movían lentas en torno al saco al que ya le habían abierto un boquete por donde metían el pico y su repulsiva cabeza roja.

Nunca me había detenido a observarlas: las tiñosas son animales fuertes, egoístas. Como las personas, se velan entre sí. Cuando una se aproximaba para dar el picotazo, venía otra y la envestía a pesar de que allí había inmundicia para que comieran esas siete y otras tantas hasta la saciedad. En su propósito de arrancar una porción de alimento, la que lograba dar el picotazo arrastraba el bulto, que estaba a menos de un metro del agua.

Los árboles, beneficiados por la humedad, eran frondosos, altos.

Arriba, entre el verde de las ramas, vi otra tiñosa. Se movió hacia un lugar más cercano. Seguramente ese saco que cualquiera pudo haber lanzado valiéndose de la poca afluencia de transito por ese puente periférico, fuera descubierto recientemente por ellas y ahora era que comenzaban a llegar desde la profundidad del cielo.

Busqué, pero no localicé ninguna otra. Arriba sólo vi nubes desorganizadas.

En otro momento, solamente de ver sus cabezas horribles, me hubiera dado, si no asco, incomodidad, hubiera sentido rechazo. En cambio, sentí hambre. Un hambre brutal, insoslayable.

Ante la primera venduta me detendría a pagar un emparedado de los más baratos.

DE LA PUNTILLA AL CLAVO

Roberto Garrido

Le tomó cinco minutos sacar el rabioso clavo de la suela de su zapato, considerar cómo y cuándo había logrado meterse allí, comprender que todo el tiempo había estado sentado en un muro frente a la ferretería a donde, distraídamente, se había acercado para comprar un paquete de puntillas que necesitaba con el fin de poder colgar en su pared vacía el último cuadro, y mirar el clavo recién sacado, recalcular su dimensión, observar que no era tan grande como el dolor que le ocasionara al encajársele en la planta del pie, ni comparable al esfuerzo desplegado para lograr tenerlo ahora frente a su vista, sabiendo que era la puntilla que había venido a comprar y por la cual no tendría que invertir un centavo. Le tomó diez minutos regresar a su casa, recordar dónde había dejado el martillo la última vez, atravesar finalmente la pared en el espacio prefijado, colgar el cuadro en su lugar y balancearlo. Era, en grandes dimensiones, la representación tridimensional de un clavo en el espacio etéreo, con texturas rugosas allí donde se manifestaba alguna oxidación, de un magnífico plateado a contraluz. Clavada la puntilla, colgado el lienzo, le tomó solo un instante aprehender en su totalidad la unidad circular de aquellos eventos: presentir la idea, desentrañarla ya punzante desde adentro, decidir los materiales, acometer los instrumentos, conciliar la idea con la forma casi que por instinto, y entre el rapto y la consciencia, llegar en vuelo hasta esta imagen tan exacta de lo terrestre: un luminoso clavo oxidable en el espacio-tiempo.

YO SABÍA QUE LE IBA A FALTAR UNA MUELA

Hugo Luis Sánchez

Yo sabía que le iba a faltar una muela, que tendría un hueco precisamente en el lado izquierdo, en la parte superior. No podría decir con exactitud por qué. Es decir, sí podía, pero no tendría mucho fundamento. Había algo en su forma despreocupada de bailar, de disfrutar de la música, de olvidarse del mundo... que me indicaba que tendría ese agujero y así fue. Se rió. Primero una media sonrisa que no llegó más allá del punto en el que debía comenzar el hueco y ya estuve más seguro de que estaría en su justo sitio. Luego, la canción la fue llenando, echó la cabeza hacia atrás, cerró los ojos, aspiró profundo, abrió la boca y helo ahí: negro y vacío, el hueco. Y el mundo se me vino a los pies. Esta mujer que yo tanto había deseado, era previsible.

LA MALA PASADA

Rubén Alfonso

Entró al bar con la determinación que no tuvo en todos los años en que, cada mañana, la había visto salir del edificio sin que se atreviera a darle más que los buenos días.

Distraída, en la mesa del fondo pasaba un dedo por el borde de su copa ¿Puedo sentarme?, le dijo él y ella aceptó. Apuró un trago de ron oscuro para calmar el temblor de las manos, después invitó otra ronda y ella, con un movimiento de hombros, dijo que le daba igual.

"Estoy enfermo y me voy a morir", le dijo él de pronto con atropellada cursilería. "Me muero de nervios y ganas de usted. La vi entrar al bar hace una hora y no he podido aguantar la urgencia de contarle todo. La quiero como no sé querer otra cosa. La he querido cada mañana al tomar el taxi, cada tarde en el elevador, cada noche en que pienso en usted. He pasado años clavado en la puerta de aquel edificio, enfundado en mi uniforme de botones solo para poder verla a diario. No sé qué hacer señora, pero mi amor me alcanza para enfrentar la vida entera si usted tan solo me da esperanzas".

Ella sacudió con rabia una lágrima negra de su mejilla. "¿Y ahora te decides?", preguntó. Sacó del bolso de cuero un papel doblado que llevaba su nombre y lo extendió sobre la mesa. "De amor nadie se ha muerto nunca", le dijo, "porque para morirse sólo hay que esperar a que la puta vida nos juegue una mala pasada".

"Cáncer terminal de páncreas", decía el diagnóstico en el papel sobre la mesa.

ATENEA Y AENETA

Amanda Pérez

Atenea y Aeneta se sorprendieron de ser idénticas. *Vamos a ver quién caza más rápido un jabalí*, dijo Atenea y exactamente a los siete minutos aparecieron las dos con el animal a cuestas. *Veamos quién tira la flecha mejor*, dijo Aeneta y tras lanzarlas, ambas constataron que habían caído en el mismo lugar. *Intentemos saber quién de las dos es más sabia*; igualmente fue inútil pues ambas, tras cuestionarse sobre ciertas cosas, respondieron exactamente igual. Todo daba a entender que Atenea y Aeneta eran la misma persona, pero no, Atenea y Aeneta se sentían completamente diferentes la una de la otra, como dos personas en cada extremo del mundo, como dos mundos que se obligan a ser uno.

EL ASCETA

Gustavo Eduardo Green

Con gran habilidad dobló su oreja derecha en cuatro partes.

Acható su nariz (al ras de la cara) empujándola, delicadamente, con el dedo índice de su mano diestra.

Con paciencia ocultó dentro del ombligo sus partes pudendas.

Cruzó las manos sobre el pecho y tomó el hombro izquierdo con la mano derecha y el hombro derecho con la mano izquierda, los enfrentó en un pliegue perfecto.

Plisó su cabeza como un pañuelo, con elegancia.

Hundió en su mano los dedos, uno por uno, y en seis partes frunció su brazo derecho.

Dobló su cintura.

Con gran equilibrio redujo una de las piernas en sucesivos dobleces hasta llegar al tronco.

Comprimió los glúteos.

En un calculado movimiento se asió con la mano de la manija del cajón y, con serenidad, contrajo -como un fuelle- su otra pierna.

Exhaló, vaciando los pulmones.

Sus dedos índice y pulgar jalaron de la oreja izquierda hasta ubicar su humanidad en el lugar pertinente.

De esta manera, finiquitada la operación, el zurdo Rodríguez pudo descansar en el cajón de la mesita de luz de un dormitorio sin cama.

ASUNTOS DE FAMILIA

Michel Mendoza

Kafka, herido como estaba por la severidad y falta de cariño de su Padre, fantaseaba continuamente con la venganza. Por eso dedicó su raro talento a convertirse, al menos durante unas breves páginas, en la única cosa en el mundo capaz de acobardar a su padre hasta el desmayo. Casi lo logró.

EL CONQUISTADOR

Mark Mielke

Observando la naturaleza, él conquistó el fuego. Afilando piedra y madera, él conquistó las fieras que antes amenazaban su vida. Conquistando los animales, él pudo sacar provecho de su carne, su leche y su cuero. Saliendo de la selva y vagando por los campos, por casualidad él aprendió a plantar y así conquistó el suelo. Él creció hábil y bien alimentado, y así comenzó a conquistar todo lo que surgía en su camino: los metales, los números, las letras, las causas, las consecuencias, la mecánica, los océanos, la electricidad, la gravedad, el cielo y hasta la luna.

Sin embargo, jamás logró conquistar la satisfacción.

EL CIELO DE LAS PALABRAS

Luis Miguel Helguera

Sobre un diccionario de silencios y prodigios creyó encontrar la clave exacta de una nomenclatura precisa, cuasi pluscuamperfecta: "esdrújula" es una palabra esdrújula, "llana" es llana, "hexasilábica" es hexasilábica y comprobó entusiasmado la hermética concreción de los adjetivos autorreferenciales. Poseído por la magia del hallazgo se entregó por completo a una misión semántica de misterios inverosímiles, jamás descifrados en lengua alguna y verificó atónito esa misma cualidad en los vocablos "corto", "sofisticado", "finito", "singular", "masculino", "cacofónico" y "rimbombante" del castellano...¡si hasta "castellano" es una palabra castellana!

Así, abrió su cuaderno y anotó estos adjetivos cuyos significados pueden aplicarse a sí mismos y los bautizó como autológicos, por contraposición a los ambiguos y pretenciosos adjetivos heterológicos como "largo", "monosilábico", "agudo", "infinito", "plural"...tan poco elocuentes. Luego, evidenció que ambas categorías son autoexcluyentes y dormitó aliviado unas horas sobre un manto de términos absolutos y conjeturas decisivas.

Y entonces, en pleno delirio, descubrió la terrible paradoja: ¿es "heterológico" un adjetivo heterológico?

Si "heterológico" es heterológico, se describe a sí mismo y es, por tanto, autológico, es decir, no heterológico.

Si "heterológico" no es heterológico, entonces es autológico y por ser autorreferencial se describe a sí mismo y sería heterológico.

Al despertar, cerró exhausto el diccionario y asomó medio cuerpo por la terraza para arrojarse al vacío. Estaba convencido de que tras la muerte todo sería heterológico.

LA ORUGA REBELDE

Lucas Foix

En una y otra dirección, filas y filas de compañeras subían y bajaban escaleras, atravesaban bóvedas, salían, entraban, caminaban sin ir a ninguna parte. La oruga (una entre miles) se detuvo sin darse cuenta, rompiendo la monotonía de la hilera infinita, con el miedo en los ojos y la vacilación repitiéndose en sus innumerables patas. Las que venían siguiéndola chocaron contra su espalda, le dedicaron miradas sin emoción y luego continuaron, sorteándola, su camino.

La renegada permaneció un instante mirándolas alejarse. Por primera vez en su vida, se sintió diferente. Las encontró torpes, estúpidas, y despreció la resignación que había en cada uno de sus movimientos. Inmediatamente después, una idea la gobernó. El miedo regresó con ella, magnificado, y la oruga temió que la voz le temblara cuando preguntó a la nada: "¿Qué sentido tiene seguir adelante si no existe una salida, si el comienzo y el fin son uno mismo, si la libertad me será siempre negada?".

"Formulando la pregunta, interrumpiendo la vana procesión, acabas de alcanzarla", escuchó decir a una voz poderosa, cuyo eco rebotó en los muros hasta desaparecer.

La oruga comprendió así que el error de las otras (y el suyo hasta entonces) había sido siempre la búsqueda incesante de una salida material. En eso pensaba cuando se abrió su capullo y una ráfaga de viento se la llevó consigo, obligándola a estrenar su nuevo par de alas naranjas.

LOS NIÑOS

CRECEN

Rafael de Águila

Un niño camina por una carretera durante horas, a la tarde encuentra a unos soldados. Los uniformados le apuntan con las armas: vamos a matarte, le dicen. El niño aduce que ya mataron a sus padres, también a sus hermanos: ni ellos ni yo les amenazábamos, tampoco amenazábamos a sus familias. Los soldados se miran, hablan entre ellos, al final regresan los fusiles sobre el niño: no nos importa, vamos a matarte. ¿Por qué?, quiere saber el pequeño. Porque un día crecerás y entonces desearás matarnos. Eso ha dicho un soldado, quizá el jefe. El niño lo mira, lo piensa un rato: sí, en eso tienen razón, dice. Los soldados descargan sus armas, arrastran el cuerpo a un lado de la carretera y siguen buscando niños. Tienen miedo, mucho. Los niños crecen.

CRONOLOGÍADEL ABSURDO

Dacio René Medrano

El hombre, sueco o finlandés, no hablaba español, aunque dadas las circunstancias podría pensarse lo contrario. Cerró el libro en una página que no recordaba haber leído y decidió levantarse. Miró a los lados, le pareció escuchar una voz diluida en la distancia. "No están dormidos" pensó, mientras caminaba hacia el final del pasillo. Lentamente, acercándose cada vez más al reflejo corroído y oxidado, escrutó las esferas nebulosas que se asomaban como estrellas muertas en la oscuridad de la noche.

Experimentó un descenso, una caída hacia un laberinto opaco vagamente familiar en medio de sus perturbados recuerdos. Abre los ojos, como perdido entre la bruma del olvido, para contemplar el velo de la nada eterna. Exiliado de la luz, deambula por callejones desdibujados, adivinando esquinas y rincones, sorteando las trampas que le tiende la memoria.

La patria es un lugar extraño; nostalgia propia de hombres y existencias que se desvanecen en el tiempo.

Cierra el libro, marcado en una página que nunca había leído.

EL ACUERDO

José Ignacio Señán

Apareció colgado de un puente, bajo un cielo nublado de noviembre. Nadie sabía quién lo había dejado allí o si se trataba de un suicidio porque entre sus papeles no había nada que permitiera a la policía seguir una pista válida. El espectáculo era dantesco. Una leve sonrisa, forzada por la tensión de la cuerda que rodeaba su cuello, ofrecía una imagen espeluznante aquella fría tarde de otoño.

A los pocos días detuvieron a su mejor amigo. No tardó mucho en confesar lo sucedido. Entre sollozos, declaró que aquello se les había ido de las manos. Juró por dios que era inocente, y que todo había sido una broma de mal gusto que acabó trágicamente.

En la vista, la esposa del ahorcado, mirando de soslayo al acusado, esbozó una leve sonrisa entre lágrimas fingidas. El plan se estaba cumpliendo a

la perfección; tal y como lo habían
diseñado.

Ahora solo faltaba que el juez
cumpliera su parte del acuerdo.

LA CASA

Elizabeth Reinosa

En el río, lavando la ropa, la mujer tararea una canción de cuna. Piensa en los niños, sonríe. Tiene la frente húmeda, las manos tensas por el esfuerzo de una pieza tras otra.

A pocos metros está la casa de tablas -como un refugio entre los árboles-. Desde afuera el aire intenta mover la puerta y las ventanas, pero ella ha tenido cuidado de cerrar bien para que no entren las gallinas que deambulan por el patio. Dentro, una iluminación tenue.

Los niños están en la cama, dormidos. Uno tiene dos años y se chupa el dedo. El otro, solo un poco mayor, tiene los cachetes brillantes y un brazo encima del hermano. La luz proviene del fogón de leña, junto a la pared, donde la leche hirviente se derrama y las brasas chisporrotean. Las chispas suben al techo y se quedan prendidas del guano. Solo ha pasado media hora desde que la madre salió, desde que tomó el trillo del río con el bulto de ropa, desde que puso una silla detrás de la puerta para que el viento no la abriera, desde que olvidó la leche.

La mujer sigue en la orilla del río, ha dejado de tararear la canción de cuna, hay un olor denso en el aire, pero no le da importancia y continúa lavando, mientras la columna de humo se levanta a sus espaldas.

PENSAMIENTOS

Ariel Aboal

De la rutina insípida de su oficina, le surgían maquiavélicos pensamientos. Llegar a su casa, esperar a su amante en la puerta trasera, tener sexo fuerte en la cocina, y luego ver llegar desde el sofá a su no deseado esposo, con ganas todavía y no de sexo, de asesinarlo.

La idea daba vueltas en su cabeza hacia mucho tiempo, pero algo le faltaba y ahora todo estaba en orden perfecto; un desconocido irrumpe en su casa, la viola brutalmente y asesina a su amado esposo, ella en su dolor logra matar al atacante, hereda todo del difunto, se casa con su jefe, el dueño de aquella oficina en la que nacía su rutina insípida, que en pocos años también heredara.

A LA BIN-BON-BAO

José Aristóbulo Ramírez

La profe Antonia, que por andar siguiéndole el rastro al cóndor andino, vino a aterrizar a estos confines boyacenses, un poco para instruir y bastante para exaltar su patria chica, les pide a sus alumnos una investigación acerca de Lebu y Biobío, ubicados en Chile, su país.

Los rapaces, refractarios a grandes esfuerzos, hijos dilectos de Wikipedia, sin sonrojos ni recatos y para salir del paso, fusilan lo primero que se topan en la web.

Luego de leer veinte "investigaciones" idénticas, justo cuando se dispone a claudicar Antonia descubre el trabajo de su alumna Carla, que reza así:

"- ¿Comment-ta Lebu?

- A la Bío-bío, a la Bao-bao, a la bin-bon-bao... ¡Yo estoy divinamente bien!".

No es, por supuesto, el súmmum de las monografías. Empero, la profe sonríe como si hubiera visto la luz al final del túnel.

«No estamos perdidos todavía», masculla entre dientes. «Mientras la imaginación siga revoloteando y alborotando de ese modo, cóndores y seres humanos podremos aspirar a un mejor mañana».

SUTILEZAS

Liliana Mabel Savoia

Caperucita salió del penthouse balanceando la cartera Louis Vuitton. La gran manzana la deslumbraba. Con pasos felinos se dirigió a Wall Street, decidida a desplegar sus encantos. Luego iría a ver a su abuelita.

Dejó caer la capa roja comprada en Rodeo Drive, frente a los feroces lobos de las pizarras que se babeaban frente a ella, cosa que aprovechó para adelantarse en sus compras.

Al terminar la sesión partió feliz hacia la casa de su abuelita. Después de sacar las llaves de debajo del felpudo, la saludó, desenvolvió una torta de Tisserrie, la nueva pastelería de los hermanos Harrar. Le leyó el Wall Street Journal para "aggiornarse" con el Dow Jones, que tanto interesaba a ambas y le entregó las acciones que adquiriera esa mañana.

Juntas rieron de lo productiva que había sido la jornada. Satisfecha,

Caperucita sabía cómo manejar ciertas cosas sin la ayuda del leñador.

LA SOLTERONA

Ada Isabel Machín

Ella aún era virgen. Nunca le habían dejado tener novio, iba a misa los domingos y se confesaba por cualquier cosa. Eso sí, cargaba un pecadillo que ni al cura se atrevía a revelar: le gustaba el aguardiente. Solía beber antes de acostarse, tras las oraciones. En su fantasía, un joven atlético, -casi sin rostro-, siempre le hacía la corte a orillas del mar, pero ella, puritana hasta el ridículo, nunca aceptaba sus requiebros. Sin embargo una noche, las malas artes del licor torcieron el rumbo acostumbrado:

Inusualmente provocativa, la mujer recibió al pretendiente botella en mano, al tiempo que le servía la primera copa. Comenzó entonces un escabroso intercambio de alcohol y palabritas enervantes; a ojos vistas se iban desmoronando rápidamente las columnas de su mojigatería. Una impetuosa marea roja no tardó en precipitarse sobre aquella geografía, y sus puntos más recónditos temblaron de placer.

"Mañana será sobre la hierba", le ronroneó al amante en total laxitud. Segundos después, abrazada a su cuello de vidrio, se durmió.

TODAVÍA

Ángelica Morales

Juan entró a nuestra habitación y encendió la luz con rabia. Yo seguí acostada fingiendo estar dormida, me sacudió por el hombro y me pidió que lo ayudara.

Tenía golpes en la cara, un ojo casi cerrado y la cabeza le sangraba; Entró al baño, escuche correr el agua, lo vi mirar por la ventana, caminaba por la casa con un cigarro en la boca, sin encenderlo, se cogía la cabeza, miraba al techo. De repente rompió en llanto. Decía que fue cerca del parque, que no quería pelear, que tenía miedo, luego se encerró en nuestra habitación y me gritó que no entrara. Quise dormir en el salón pero no pude, entonces salí a correr por el barrio.

Al pasar por el parque vi una multitud, me acerqué, la policía acordonaba el lugar; la gente decía que pobre chico con la cabeza reventada, que el barrio ya no era de fiar. Me escabullí por entre la gente hasta llegar al cordón y ahí estaba.

Al verlo corrí a casa de inmediato, entré y empecé a llamarlo, Juan no me respondía, corrí a la habitación y él no estaba, lo seguía llamando, salí por la ventana y grite su nombre varias veces. Entonces vi a mi madre cruzar el jardín con dos cajas grandes, le abrí la puerta llorando y le pregunte por Juan, ella no me respondió, me abrazo, me trajo un vaso con agua y me dio unas pastillas. Tenía los ojos aguados también.

Al rato empezamos a empacar las cosas de Juan que donaríamos, fue en esos días que me internaron. Juan no sabía pelear, todavía aparece, a veces y me lo vuelve a contar todo.

LA ERNESTINA

Edgardo Jiménez

¡Eres terruco! Todos los serranos son terrucos –dijo el comandante mientras golpeaba con sus botas a Anselmo Mamani, quien estaba amarrado y cuya espalda mostraba los signos inequívocos del maltrato y la tortura.

_ ¡No, patroncito; no soy terruco! Nunca he matado a nadie –dice Anselmo, casi sollozando, mientras que por respuesta recibe otra patada que lo dobla de rodilla.

Por unos instantes, Anselmo no está allí. Ahora, está en Pampamarca, en su pueblo natal. Está pasando la yunta por su chacra. Escucha el ruido del pukyu, del manantial. Siente la fragancia de las retamas amarillitas, bien perfumaditas: para la Ernestina serán; a ella le gustan mucho y, segurito que se va a poner contenta, cuando le lleve un ramo. Mis warmas deben estar esperándome: hijitos esperen a su padre; no lloren, me voy a demorar un poquito, pero pronto estaré en casa. *Ernestina: ¿por qué no les has dicho a estos militares que no soy terrorista, pues? En el pueblo, nosotros combatimos a esos criminales. ¿Por qué te ha mirado así ese comandante? ¿Por qué te ha dicho que tú mereces estar en otro lado? Dime, ¿por qué no les ha dicho que somos esposos y que tenemos dos hijos? Y ¿por qué le has sonreído? Ernestina...*

_ No quieres hablar ¿no? Todos ustedes son iguales: o son terrucos o no valen ni mierda –dijo el comandante, mientras que con otra patada le abría la cabeza a Anselmo, y su sangre inundaba el oscuro calabozo.

En la calle, Ernestina esperaba ansiosa que se abriera la puerta del cuartel y el comandante saliera a su encuentro.

MI PUNTO DE VISTA

Daniel Cruces

De pronto, las personas de todo el mundo empezaron a cambiar ojos por dinero. La visión periférica, pensaban, sólo les traía distracciones y tiempo perdido. Además, ¿qué es eso de tener dos puntos de vista tan encontrados? Muchos padres, obsesionados con el éxito, mutilaban también a sus niños. Los ojos terminaban casi todos en manos de paranoicos que creían necesitarlos, y de algún que otro especulador o bromista malnacido a la espera de que la moda pasara.

Yo no logré escapar a la marea. Gracias a la matraquilla insoportable de mi mujer, ahora uso un lindo parche negro. Ella, absorta en su tacañería óptica, no se da cuenta que cada día lo uso en un ojo distinto.

PRÉSTAME LA LLAVE INGLESA

Ángela Piñeiro

Le gustaban sus fuertes brazos, su voz, las canas incipientes sorprendidas entre su brillante pelo negro, su sonrisa, todo menos la profesión que marcaba sus manos. Cuarenta años mayor que él, era la persona a la que más admiraba Santiago, pero le hubiera gustado verlo vestido de piloto, de cirujano, de futbolista, y no mirarlo cada día con aquel buzo de trabajo azul –siempre con alguna mancha–, ni sentir sus manos agrietadas oliendo a aceite de coche. Aunque, en aquella ocasión, sería una ventaja. Lo había decidido, se la pediría prestada como regalo de su octavo cumpleaños, sólo faltaba una semana.

-Papá, anda, ¿por qué no paras de trabajar y vienes a casa conmigo? –preguntó el niño tirando del bolsillo izquierdo del buzo de su padre.

-Hijo, la caja de herramientas está abierta porque ahora debo ajustar el coche que estoy arreglando, pero quedará como nuevo. Ve a comer el bocadillo, que pronto cerraré el taller y subiré.

Santiago, obediente, se acercó a las escaleras que comunicaban la vivienda con el negocio de su padre. Ya en el primer escalón, algo le hizo retroceder y volver a por un objeto de la caja.

-Hijo, ven aquí –ordenó Francisco, al ver que Santiago escondía algo bajo su chaqueta-. Pon la herramienta en su sitio, no es un juguete -continuó, señalando el escondite del niño.

- No iba a jugar, aseguro el pequeño. Es para el abuelo, para que ajuste la memoria, quiero que sepa quién soy para mi cumpleaños. Préstamela de regalo, papá, rogo el pequeño.

Francisco, con los ojos húmedos, cerró la caja de herramientas y acompañó a su hijo a merendar.

TÚ DILE

Daymé García

¡Sí! Lo hice. ¿Y qué? Yo lo amaba y él lo sabía y aún así no hizo nada para mejorar lo nuestro. Yo le insistía y le insistía...pero él siguió ahí, acomodao, tirao, sembrao en el mismo lugar. Sin sueños ni ansias de grandeza...Sí, chica, ¡sin ganas de mejorar! Y mira que yo lo motivaba día y noche... ¡pero nada! De buenas a primera, apareció este hombre. Todo fino. Un galán de telenovela. Arreglos florales a la oficina. Invitaciones a cenar fuera. Regalos caros. Y ya por último, cuando me le negué un poquito, me prometió villas y castillas. ¡Vaya! ¿Cómo decirte? ¡Me deslumbró! Vi la oportunidad de mejorar mi vida y la acepté. ¡Ah! Mira que le dije que se pusiera las pilas, que yo no iba a perder mi juventud por su achantamiento. Pero le entraba por un oído y le salía por el otro. Y, ¿por qué negarlo? Él era muy buena cama, ¿sabes?. Es. Pero igual, eso dura un ratico y la vida diaria se compone fuera de ella y de muchas más horas. Así que dile que se olvide de mí de una vez y por todas. ¡Que no sólo de amor vive el hombre!

Ahora, aquí entre nos...¡Coño chica, cómo lo extraño!

Y dime... ¿cómo está?

EL CAMINANTE

Frank Castell

El hombre es un punto en el horizonte.
Lo vemos. Avanza con lentitud.
El sol es intenso.
Desde hace mucho nadie se atrevía a
pasar por aquí.
Nosotros esperamos pacientemente.
Ahora parece más visible. Viste de
blanco.
Nos miramos como forasteros.
Parece cansado. Nos mira sin mirarnos,
nos pide que le ayudemos.
Mejor le ayudamos, es nuestro acuerdo.
Y al agitar las alas podemos sentir el
exquisito aroma de su carne.

PRIMERAS LÁGRIMAS DE LA

DEPRESIÓN PROFUNDA

Raúl Castañón

Mi padre, Thomas Harold Grant, tenía una gran facilidad para captar con rapidez el verdadero alcance de las situaciones nuevas, por sorpresivas que fuesen. Aquella noche, se mostró muy disgustado durante la cena familiar. Cabizbajo y pensativo, impotente como todos ante lo arrollador de los acontecimientos, declaró que había tenido que despedir a un empleado de Grant's, su pequeña empresa aseguradora.

Yo tenía quince años entonces y me alcé para decir:

-Encontrará pronto otro trabajo, seguro que sí.

-No lo creo, hijo –me contradijo mi padre con un nudo en la garganta–. Es un hombre ya mayor y no muy capaz. No, no creo que pueda encontrar ningún otro trabajo.

Casi no pudo concluir la frase por culpa de un ahogo que era la antesala del llanto. Su ánimo, otrora fuerte y emprendedor, estaba verdaderamente hundido.

Han pasado setenta años y no consigo olvidarlo. Fue algo que me impresionó mucho, pues nunca hasta entonces había visto llorar a mi padre.

Luego, lamentablemente, se comprobó cuánta razón tenía.

Era el mes de octubre del año 1929.

LA VENGANZA DE LOS PRETENDIENTES

Johan Moya

Penélope lo agita, pero Odiseo rehúsa levantarse del lecho.

Hace años que ha regresado a Ítaca, está viejo y Penélope ya no es la dulce y hermosa mujer que sabía esperar. Se pregunta si no hubiera sido mejor morir al pie de las murallas de Ilion, o permanecer junto a la ninfa que nada exigía salvo placer. Y por si fuera poco, desde hace un tiempo, ha comenzado a escuchar risas y burlas fantasmales procedentes del atrio interior de la casa, donde años atrás diera muerte a los hombres que codiciaban a su mujer.

Penélope pierde la paciencia y le grita. Odiseo tiembla y llora bajo la manta.

MENOSCABO

Ginés Mulero

Él persigue con la mirada a dos sombras caminando en medio de la penumbra sepia del cine. La pareja elige la soledad más íntima: un rincón aislado. Él, taciturno, se instala dos filas detrás arrancando un trago nervioso al gollete de su petaca de brandy. La película de estreno, *La Dama de Hierro*, es un rollo. "La intérprete caracterizada en Margaret Thatcher, aunque gane un Oscar..., la peli es una... *mi-eeer-da*". El *hooligan* de la ex-presidenta oye y quiebra el rictus. El voyeur intuye cómo la muchacha-sombra se agacha hacia la bragueta de su acompañante... Avanza subrepticiamente una fila más para sorprenderlos. Cuando está justo detrás de sus butacas ve algo largo y fino, algo que, en la entrepierna, despide luz propia. Los ojos del obsesivo-compulsivo centellean, brillan en la opacidad. La pareja umbría, ajena a lo que se les viene, desbloquea el iPad y ve en la diminuta pantalla una obra maestra, la mejor de todos los tiempos según los críticos: *Citizen Kane* (1941). "Esto es un menoscabo a la antigua Primer Ministro británica", y hunde sus dos navajas plateadas en el respaldo de las butacas delanteras. El asesino diletante arranca otro trago, brindando por las Malvinas y Gibraltar.

ESPANTAPÁJAROS

Rodrigo Guillermo Torres

Crucificado en medio del sembrado, el espantapájaros custodiaba el lugar cual si fuese el guardián del averno. Alrededor suyo, un hombre con un rastrillo separaba las hierbas malas de la siembra. También sacaba las hojas secas que el otoño desprendía de los árboles. El espantapájaros observaba al hombre con curiosidad, quizás anhelando ser como él y tener el poder de separar la mala hierba del sembrado. De pronto, sin que el hombre se percatase, sucedió algo: bandadas de cuervos se posaron en los hombros del espantapájaros. Sin embargo, uno a uno, los cuervos caían muertos.

UNA OBRITA DE NADA

Juan de Molina

"Una obrita de nada". Eso fue lo que le dijo su mujer. El cuarto de baño necesitaba una reforma. "Aprovecharemos tus vacaciones". También eso le había dicho.

Nicomedes cavilaba desesperado, sentado en el sofá cubierto por una sábana. Él era profesor de instituto y su mujer trabajaba de dependienta en una perfumería.

"El cuarto de baño puede esperar. No está tan mal", le había argumentado Nicomedes a su mujer. Pero buena era Domitila para dar su brazo a torcer, si la conocería él. Así que allí estaba, mirando el agujero que había hecho el operario en el tabique que comunicaba el cuarto de baño con el salón, por donde cabía un puño, y el cristal de la orla de su licenciatura hecho añicos en el suelo. Aunque lo peor era el calor del estío, con las ventanas abiertas y sin aire acondicionado por aquello del polvo.

Domitila volvía del trabajo a la misma hora en que los albañiles abandonaban el tajo. Entonces Nicomedes, sudoroso y con un rastro anaranjado sobre las cejas, marchaba a casa de su hermano, con el albornoz en la bolsa de mano, para darse una ducha.

Cuando por fin concluyó la obra, era tanta su pesadumbre que Nicomedes le dijo a Domitila: "He llegado a odiarte". "No temas, cariño –le dijo ella-, que ya no entran en casa más albañiles".

Ese domingo, mientras desayunaban juntos en la cocina, Nicomedes se acercó a la tostadora y se oyó el quejido de una losa del suelo que se movía. Ella lo miró aterrada. Él la miró a su vez.

LA BREVE HISTORIA DE MIS MUSAS

William Grigsby

En mi juventud yo buscaba una chica ideal y terminé casándome con la literatura. Sabía que a pesar de los momentos felices, no iba a ser una relación fácil. Nuestra boda fue en una biblioteca y la música fue acompañada por una profunda melodía que se extendía en todos los estantes mientras yo abría las hojas de sus libros en el encuentro sexual más extraordinario que he llevado a cabo en mi vida. Allí tuvimos muchos hijos: poemas sueltos, ensayos acabados, cuentos y obras de todo tipo que fuimos bautizando con bibliografías varias. A pesar que siempre quisimos tener una novela, nunca lo logramos. Ella decía que era mejor así por la cuestión quirúrgica: las novelas, me decía, requieren de cesáreas para que salgan con los ojos del novelista. Entonces no le pedí más nada y me fui perdiendo en sus figuras literarias, sus metáforas, sus hipérboles hasta que un día, pasó algo inesperado. Conocí otra disciplina: *la pintura*. Ella me atrajo con toda su gama de colores. Me ofreció su piel desnuda y pude deslizarme con mis dedos por su blanco lienzo. Aquella excitación mía fue algo indescriptible. Descubrí que hacer el amor con la pintura también era posible. Lo más increíble de esta historia es que la literatura y la pintura se hicieron amigas inseparables, a pesar de que yo era el amante que había de por medio. Hoy en día son mis dos musas y puedo decir que soy un orgulloso artista que practica la poligamia con varias disciplinas a la vez. Ellas son felices a mi lado y siempre tengo tiempo para cada una.

NOSOTROS Y YO

Edilberto Martínez

Me despierta lo que supongo un ruido en alguna parte de la casa. Todavía soñoliento recorro cada rincón, compruebo cada cerrojo y enciendo las luces para evitar un posible escape. Nada, entonces hago el recorrido inverso y apago la casa. Cuando retorna la penumbra, sonrío, el ruido lo produjo el estómago, un ruido de hambre que ahora se ha trocado en una sed de agua bien fría. Desisto de ir a la cocina al esfumarse la sed tan repentinamente como el hambre.

Regreso a la cama con el temor de ser azotado por el insomnio, como tantas veces. Todo lo olvido al descubrir que continúo acostado junto a mi mujer. Pienso despertar al intruso, pero no hay tal, soy yo mismo y despertarme provocaría un nuevo insomnio y, tal vez, otra ausencia al trabajo.

Doy continuas vueltas por la alcoba hasta detenerme junto al armario. Allí me acurruco, entretenido con mi propio sueño. Una hora más tarde me veo levantarme, me sigo por toda la casa, siento mis dudas y cuando, por fin, volvemos a la habitación, ya no nos asombramos de que alguien esté durmiendo, plácidamente, junto a nuestra mujer.

ESE ALGO MÁS

Carlos A. Fiorentino

Fue algo más que su persuasión. Algo más que había en su voz cálida y suave. En la frontal mirada de sus ojos claros y profundos, misteriosos. El movimiento de sus manos, el reflejo en sus cabellos. No sé qué fue, no sé qué es ese algo más.

Solo sé que me hechizó, como en un embrujo, como un rito ancestral de antigua brujería, de trance hipnótico.

Dije que si a todo, a cada cosa que me proponía. Y fueron muchas. En noches de pasión, en largas, lánguidas caminatas bajo árboles de bosques encantados. Deambulando en la arena a orillas de un mar rumoroso, que adivinaba cómplice del dominio que sobre mí ejercía.

Dejé de ser yo mismo para convertirme en un esclavo de sus deseos... y me complacía en ello. Me producía un placer enfermizo cumplir sus órdenes dadas con un tono de voz profundo y sensual al que no podía ofrecer resistencia.

Cambié mis hábitos, mis rutinas y hasta mi manera de pensar. Dejé de distinguir entre bien y mal, correcto e incorrecto, sublime o monstruoso.

El final tenía que llegar inexorablemente. Fue como un sino.

Una noche de pasión sin frenos ni prejuicios, me susurró al oído con esa voz tan suya, tan persuasiva: -*Quiero morir de amor, mátame de amor*-

Fue un beso interminable, ardiente... y se quedó sin aliento. Dejó de respirar en un voluptuoso orgasmo final. Y la maté.

Yo no quería..., fue "ese algo más" que su persuasión, lo que me obligó a hacerlo.

TANGIBLES E INTANGIBLES

Miguel Ángel Cayo

Salí del juzgado satisfecho con el reparto de bienes. Cuando el juez asignó a mi mujer el usufructo de la casa conyugal, yo preferí llevarme los recuerdos de los momentos felices que atesoraban esas cuatro paredes. Lo mismo ocurrió con el monovolumen. El juez le entregó las llaves y para mí quedó la satisfacción de saber que en los asientos traseros se gestaron nuestras mellizas. El piano para ella, para mí la remembranza de los Claros de Luna con los que agasajábamos a las visitas. También el pequeño barco de vela le fue asignado. Yo hacía tiempo que perdí el norte y para ella soplaban buenos vientos. Del barco me llevaba la frescura de la brisa batiendo mi rostro, los atardeceres salinos, la pasión de nuestros cuerpos retozando a barlovento. Suyos los palos de golf, míos los honores recibidos en los hoyos bajo par; ella cuidaría de la huerta del pueblo, yo de la satisfacción de saber que mis hijas comerían productos frescos; para ella las joyas familiares, para mí la esperanza de que su relumbre le recordasen lo que fue nuestro amor.

Me entristece, no obstante, que mi mujer salga perdiendo en el reparto. Los bienes tangibles que se lleva terminarán deteriorándose por el paso de los años. Los míos, intangibles como son, crecerán y se multiplicaran al ritmo que pulse mi alma.

Quizás debería pasarle una pensión compensatoria que equilibrase tan injusto reparto.

EL ROJO PERMANECE

Nguyen Peña

Pasaron siglos. Nació tantas veces de la muerte que al reaccionar tuvo la certeza de ser cualquier cosa: molécula de hidrógeno, pterosaurio, libélula, crisálida, el primer árbol de una selva al sur del ecuador, un condenado ante la horca, un perro. Entonces pudo comprender ese miedo a Dios, rojo y ancestral. De nuevo ella ganaría. Cada grito de su madre era ahora un zarpazo endemoniado que trata de esquivar, retrocede, cae.

El guerrero cherokee se incorpora, traza su estrategia. Las piernas flexionadas en un ágil amago, la vista atenta a los movimientos del oso que avanzaba seguro de su fuerza. Siente a sus espaldas el frío que sube por el despeñadero. No encuentra escape. Busca desesperado entre las hojas hasta ver aquel madero. Se lanza rodando sobre sí mismo y alcanza el tronco, grueso, perfecto. Lo blande con la fuerza del sol y la luna, una y otra vez, hasta encontrar la señal, el momento justo del eclipse en que la brisa se hace tormenta y el universo un ave que cierra sus alas. Asesta el golpe sobre la ancha cabeza. El oso se tambalea, retrocede unos pasos hasta la entrada de la cocina y cae al suelo.

Los primeros rayos de sol, tímidos aún, penetran a través de las persianas y hacen resplandecer el charco escarlata sobre el piso, transluciendo al rojo en su estado más puro. El guerrero suelta la silla y se acerca en silencio, la vista va de sus mano al cuerpo que convulsiona con violencia. Moja sus manos en la sangre, se unta el rostro, abre la puerta y sale a la calle.

FURTIVO

Fuensanta Vidal

Escondido entre la maleza, la observaba. El fuego de la codicia ardiendo en sus venas, la excitación embotándole los sentidos. Estaba sola, indefensa, era su oportunidad.

Ella se sobresaltó ante un leve sonido y se detuvo alarmada. Sus ojos, como profundos lagos ambarinos, miraron temerosos a su alrededor, presagiando algún desconocido peligro.

A la lánguida luz del atardecer, él distinguió la agitada respiración dilatando sus fosas nasales, el brillo expectante de su mirada, la inquietud tensando su cuerpo. Era preciosa y estaba a su alcance. Nada le impediría tomarla. Sería suya.

El silbido de la flecha quebró el angustioso silencio con aterrador presagio, impactando con precisión en la desamparada presa y cercenando su despavorida huida.

Él se acercó a la hembra derribada. Los grandes ojos lo miraron con desconcierto. Una oscura mancha comenzaba a mancillar su tersa piel, allí donde el corazón aún latía débilmente.

Ningún sonido salió de su garganta cuando, con un certero tajo, le arrebató el último aliento de vida, al que ella se aferraba con desesperación.

El cazador cargó el cuerpo inerte de la hermosa gacela al hombro y se dirigió hacia la choza. Su familia le esperaba para la cena.

LA PLAGA

Kalton Bruhl

–Por favor, sea breve –dijo con sorna el niño, recostado indolentemente al lado del trono.

–Ya has escuchado a mi hijo –intervino el padre del pequeño– ¡Habla!

El hombre bajó la cabeza, ofuscado. Había pasado la noche anterior ensayando su discurso y ese mocoso, con sus bromas, lo había arruinado todo. Había perdido por completo el elemento sorpresa.

–Deja ir a mi pueblo –logró mascullar.

El salón quedó en silencio. Todas las miradas se dirigieron temerosas hacia el trono.

–Eso sí que fue breve –rió el niño, aliviando la tensión–. Ahora márchate –continuó, señalando la salida.

–Ya escuchaste –sentenció el hombre, abrazando a su hijo con orgullo–. ¡Márchate!

Moisés dio la vuelta, preguntándose, si sería posible que El Señor invirtiera el orden y la décima plaga, pasara a ser la primera.

FE

Iván Medina

Ella solloza en el fondo de la noche y, con sus ojos fríos, guarda silencio mientras observa a los penitentes ortodoxos dirigirse al muro de las lamentaciones para realizar trenos y, del otro lado, en el dique exterior, a los devotos musulmanes congregarse en la Explanada de las Mezquitas. Cerró sus párpados con fuerza y tembló una lágrima en sus pestañas; se volvía a sentir inmensamente sola.

AMOR NO CORRESPONDIDO

Esperanza Castro

Si la encesto, le deja... ¡bien! Acabo de empatar los síes con los noes y... ¿y?... pues y nada.

Sigo sin saber qué coño le habrá visto a ése, tampoco nos diferenciamos tanto, es más, diría que nos parecemos bastante. Los dos nacimos, por casualidad, el mismo día; los dos somos altos... ¡hasta los dos somos rojiblancos!, estudiamos la misma carrera y a los dos se nos cruzó el cable queriéndonos cambiar en segundo; a ninguno concedieron el traslado. Y lo que es más importante: a los dos nos gusta la misma mujer... qué digo nos gusta... los dos estamos enamorados de la misma mujer. Solo su decisión nos diferencia: ella le eligió a él.

Bajo su mirada sí somos distintos. Yo soy el amigo, el compañero, el pringao con el que hace las prácticas, con el que pasa horas haciendo problemas de

Sólido; él el bailarín, el chistoso, el besucón, el amante. Ella le hace lucir, yo soy un triste borrón deprimido.

Si fuese yo el afortunado, veríamos entonces. La iría a buscar con mi coche, juntaríamos las cabezas en el cine, entraría en una fiesta cogida de mi mano. Yo sería el de los chistes, el Fred Astaire, el cincuenta por ciento de la pareja envidiada. Pero no hay nada que hacer... Lo del otro día fue humillante, nunca me había sentido tan pequeño. "Pero si es Paco...", dijo la jodía de la madre. "Es Paco...", todavía me golpean sus palabras en la sesera. Y se me vuelve a representar la imagen del padre, pobre diablo, preocupado porque nos quedábamos solos en casa. Ay, veo esa linda boquita: "si es Paco, mamá. Tranquila que no hay peligro ninguno de que nos vayamos a la cama ni que nos toqueteemos ni que nos besemos ni que..." ¡mierda!, si él no existiera... si él no existiera el que existía sería yo, porque yo estaba antes, ¡joder!, estaba antes, desde segundo ¡qué ostia!, y él se vino a aparecer en cuarto... en este maldito cuarto.

VERGÜENZAS

Ana Luz Cassino

-No me mires así, me da vergüenza- ríe Eliana y se tapa con la sábana de hilo bordada.

-¿Vergüenza? ¿Y no te dio vergüenza seguirme hasta aquí, tan sigilosa? Que eres una descarada, una buscona.

-Si tú mismo me lo estabas pidiendo. Si esta mañana, al verme entrar, casi se te confunden las palabras allí arriba, enfrente de esa gente tan pendiente de ti. Yo acomodaba las flores y te perdiste. Balbuceabas. Tuve que hundir la cara en los *hibiscus* y contar una a una sus líneas dibujadas, para disimular mi propia agitación. Menos mal que la música aplacó tus desvaríos, que sino...

Él atisba de soslayo la imagen que corona el cabezal de su cama. Sabe que lo observa y sabe que no es la primera vez. Tampoco será la última. Junta las manos y acerca la barbilla al pecho, inclinando apenas la testa y su calva incipiente.

-¿Qué pensabas? ¿Que no me daba cuenta de que me desnudabas con los ojos...? Era tan evidente que buscabas cualquier excusa para que me quedara un rato más cada domingo... Que te gustaba, que te excitabas al rozarme apenas.

-Calla mujer, calla y ven aquí que a las cinco llega el monaguillo para ayudarme con la misa de la tarde.

FIN

ÍNDICE

Sobre el autor de la obra en portada

Ibrahim Miranda Ramos (Pinar del Río, 1969), graduado en el Instituto Superior de Arte de La Habana, es uno de los más reconocidos e importantes artistas gráficos cubanos contemporáneos. En 2003 obtuvo el Regular Award of MTG Krakow de la International Print Triennial en Polonia. Ha sido artista residente en MedAid.org, Texas; en Brandywine Graphics Workshop, Philadelphia; École Cantonale du Art du Valais, Suiza, y en Grafikkan Paja, Finlandia. Obras suyas se exhiben en las colecciones permanentes del Museo Nacional de Bellas Artes de La Habana, el Museum of Modern Art de New York, en la Thyssen-Bornemisza Contemporary Art Foundation de Austria, el Van Reekum Museum de Holanda y la National Gallery of Art de Washington.

www.ingramcontent.com/pod-product-compliance
Lightning Source LLC
Chambersburg PA
CBHW070629130626
46555CB00006B/2489